한 켤레의 즐거운 상상

지혜사랑 044

한 켤레의 즐거운 상상

이향란

수년간 혹독하게 나를 유폐시켰다
어둠에 불사르던 그 마음에서
生의 흔적은 그늘처럼 배어나왔고
쓸쓸한 햇살로 떠돌았다
나는 늘 없었다
난지 푸른 숲으로 흘러나와 식물처럼 눈뜨는,
詩만이 오롯이 서있을 뿐이었다

그 詩에게
얼어붙은 말들을 녹여
세 번째 집을 바친다
드디어 완성한 그대와 나의,
비루하지만 즐거운 상상 한 채를.

2011년 봄
이창란

차례

2부

3부

4부

1부

침엽수림에서

꽂꽂이 날을 세워
단 한 번일지라도 짧게 깊숙이,
울음 방울 함부로 새지 않도록
붉은 폐부를 향해 정확히,
시퍼렇게 뒤집혀 발버둥치는 것이 사랑의 역설이라는
것을
눈치 채지 못하게
그러나 너무 아프지는 않게

휘청대는 이에게 전할 위로를 바람에게 들은 후
하늘을 찌르는 날카로운 묵언을 훔친다
새조차 떠난 침엽수림에서

어떻게 하면 쑥쑥 뽑을 수 있을까

침엽수 가지 위로 펄펄 눈 내리기 전에

오지奧地의 그 저수지

화두가 잘린 채 면벽하는 이의 곁을 지난다

새가 쪼다가 버린 차가운 세상의 껍질, 살가운 것마다 떨림을 건네는 육질의 바람, 어두운 시간의 반짝이는 본색, 방황하는 것들의 귀착지, 페이지를 넘길 수 없는 이끼 낀 잠언집

뿌리 뽑힌 나무들의 혼령마저 졸고 있는 그곳에 인기척 하나 깊숙이 깃들어 있다면 누구일까, 그는

물의 해부학

수소와 산소가 만나 물이 된 이후
물은 원래의 성분으로 되돌아갈 수 없다
화학적 방법이 아니라면 물은
영원히 물이다

수소와 산소, 있지만 없다 없지만 있다
손을 넣어 놀려도 이곳에서 저곳으로 쏟아 부어도
물 위 그 어떤 무늬도 건져낼 수 없을 만큼
적시며 흐르며 물은 버틴다
맑은 힘, 그에 대해서는 끝내 말해주지 않는다

중심에 스며들어, 찬란하게 박혀
다른 이름으로 살아보고자 몸부림쳐 보는 날이 있다
뒷걸음질쳐 다다른 숲에게
물고기를 낚게 해준 그 강에게
종일 세상을 말리다가 지는 태양에게

그러나 건너가 박히고자 하는 것들을 통째 삼키며
물렁해지기를, 숨어 흐를 수 있기를 바라지만
쓸쓸하게도 나는 흠집이 나있거나 부서진 자리로
매번 환원한다

되돌아가지 않고 분리되지도 않는 단단한 물
그 무엇으로도 해부되지 않는 고집이
어느 날은 꽝꽝 얼어
세상 모든 것을 철썩, 달라붙게 한다

죽은
나무의 벽화

시든 게 아니다 죽었다

그 나무 화분에서 뽑아
뿌리의 마른 흙을 털고 물에 씻어 햇빛에 말린 다음
상처로 얼룩진 북향 벽에 건다

줄곧 발 없는 울음이 온몸으로 기어올라
못으로 종지부를 찍던 벽
그 벽에서 나무의 푸른 계절이 흘러나오고
새의 부리와 나비의 날개,
혹한의 바람이 배어나온다 오래돼 숨 가쁜 음악처럼

끝내 열매 맺지 못한 유실수의 구겨진 꿈들이
그늘진 자리에 하나둘 드러누울 때
철마다 사라졌던 연록의 잎들 나무에 죄다 돋아나

지나간 싱그러움을 조용히 흔들어보는 저녁

죽은
나무가 그린 벽화,
환하고 그윽타

저 나무에게 되돌릴 마지막의 그것은 무엇일까

종鐘이 그려진 그림을 어루만질 때

 푸른 계절과 울음을 가둔 그림 속엔 자물쇠가 보이지
않게 늘어져 있고
 종鐘의 두터운 입술은 오래 전 이미 지워졌다

 한 점 적막을 종루 삼았다고
 녹슬지 않는 시간을 물고 서서히 굳어버렸노라고
 단지 그렇게만 읽혀지는 그림
 그 무엇도 제대로 이해시킬 수 없는 불구의 풍경을 내
걸고
 눈길이 더듬는 대로 훑는 대로 자꾸 메마르고 얇아지는
그림

 문득 이름이라도 지어주고 싶어서
 비스듬히 기울어가는 햇살에 이끌려 그 앞에 다가서본
다

어쩌자고, 어쩌자고 제 안 깊숙이 저물어가는 소리는
끊임없이 뒤척이는지
　찬바람에 휩쓸려 시리고 거친 손이지만
　종이 그려진 그림을 가만히 어루만질 때,

　한순간 뜨겁게 울음을 털어버리는 소리의 유분遺粉

　한 몸이 다가가 또 한 몸에게 말을 걸 때, 미끄러질 때,
스며들 때,
　박제됐던 풍경은 숲속 어딘가로 금세 모습을 감추고
　그 빈자리에서 파문처럼 번지는 적요, 몸을 떠는 종

　종이 그려진 그림을 어루만진다는 것
　그리하여 소리가 난다는 것

당신의 話法

당신이 굴리는 말들, 동글동글하며 온화하다

마디마디 강물을 튕기며 구를 때
수면 위로 반짝, 주둥이를 내미는 물고기들
산 아래 꽃들은 해지는 저녁을 묻혀 공중을 메운다

당신의 환한 온기가 빚어낸 뭉게구름 곁에서
속닥속닥 말을 줍는 시간
신생어는 당신의 화법에 데워져 바구니에 담기고
눈동자 깊이 숨어 빛나던 말들은 흘러넘쳐
양 볼이 두둑하다

내 안에 들어와 휘거나 똑똑 부러지는 말들의 오후엔
동글동글 온화한 당신을
상처 난 무릎과 주름진 이마에 발라야겠다
달팽이관 깊숙이 당신을 심어

팍팍한 계절엔 그 향기를 몰래 맡아야겠다

휘휘 꽃가루 같은 당신의 話法

하늘, 여보세요

잘 있냐고 물었더니 잘 있다고 했다

어디 아픈 데 없이 건강하냐고 물었더니 그러하다고 했
다

보고 싶다고 했더니 아무 대답이 없다

눈에서 빗물이 흘러나왔다

희미한 추억이 구름처럼 가슴에 떠다녔다

어디선가 날아와 검은 옷에 마구 꽂히는 별들

신神은 늘 외출 중이다

한없이 넓고 텅 빈 곳, 거꾸로 자라는 나무에게서

우수수 웃음이 쏟아진다

작고 동그란 생들이 환생을 꿈꾸는 열매처럼 새근거리
며

어딘가에 떨어졌을 태양을 살피기 위해 죄다 허리를 굽
히고 있다

흐린 날, 서로의 안부를 묻는 소리가 들린다

한 잎 배처럼 떠있는 커다란 귓속으로 따뜻한 말들이

스며들어 알을 낳는다

  더 이상 울 일도, 기다릴 일도 없다

  비행기를 탈 때마다 매달았던 소원들이 햇빛으로 내려

앉은 오늘

  괜찮다, 살만하다

  여보세요, 잘 계셨죠?

머무는 것보다 비껴가는 것이 더 아프다

가을 저녁
저 멀리에서 날아와 비껴가는 부메랑

날아드는 순간이 황홀하였으므로
차라리 비수처럼 가슴 깊숙이 꽂힐 일이지

비껴가는 것,
그것이 머무는 것보다 더 아프다

다국적군 같은,

당신에게 왜 그랬는지 몰라
숲을 거닐 땐 나무만 이야기해도 괜찮았는데,
새에게는 오로지 질문을 날리며
그늘지는 길의 끝까지 그저 걸어가면 그만인 것을,
꽃 피고 향기 나는 이야기에 걸터앉아
이것이 우리의 세상이라며 노래 한 소절 곁들이면 그만
인 것을

내 안에 들어와 숨 쉬는 세상은
수많은 돌멩이에 짓눌려 나무에게 구름을 물었고
새의 방향을 낚아채려다 날개를 부러뜨린다

절반으로 뚝, 잘리는 숲

한없이 저물지라도 나는 나로서만 다가가야 했었다

악어가 낳은 私見

치열한,

오래 전 4미터의 미얀마 비단뱀이 악어를 통째로 삼키다 배 터져 죽은 장면을 TV에서 본 적이 있다. 악어가 뱀의 배를 발톱으로 쥐어뜯은 것이라고 하는데, 그래서 잡아먹은 자는 오히려 죽고 먹힌 자는 살았다는 것인데, 비도 오지 않으면서 아주 흐린 날에는 그 사실이 아주 붉은 역설로 튀어 오른다. 몸으로 치열하게 들여다 본 악어와 비단뱀, 그중 한 쪽이 와장창 깨지는 소리

진정한,

악어의 모든 힘은 꼬리에 있다. 물론 적과 싸울 때는 날카로운 이빨도 한몫을 하지만 결국은 꼬리다. 단숨에 내리치는 꼬리, 시퍼렇게 눈뜬 채 한없이 낮춘 절망이 바닥을 후려칠 때 허울 좋은 희망은 살점이 찢긴 채 달아난다. 희망은 늘 절망에게 추격당하고 그 자리를 빼앗긴다. 절망은 찬란한 희망이다. 악어에게서, 그것도 그의

꼬리에게서 기운 없고 눅눅한 내 것과는 달리 힘 있고 질긴 절망의 진정성을 읽는다. 지글지글 끓는 독을 뒤켠에 달고 한바탕 요동치며 허물 벗는 절망을 본다. 나의 절망, 저토록 눈부신 적이 있었던가?

깔려죽는,

별 볼 일 없던 허공이 흐물흐물 악어가죽 속으로 녹고 햇볕이 끼어들며 자지러진다. 징그럽고도 소름끼치는 파충류의 몸부림에 물이 곤두박질치며 스스로를 흐린다. 그리고 악어는 사육사에게 이끌려 눈 깜짝할 사이 백화점 쇼 윈도우의 핸드백으로, 고급 음식점의 맛깔스런 요리로 둔갑한다. 녹아들고 자지러지던 것, 순식간에 깔려죽는다. 한 세상이 그렇게 핸드백으로 혹은 요리로 남는다.

슬픔을 나르는 사다리차

이사를 간다
몸 안에서 쩌르르 돌며 점점 말라가던 슬픔이
세상의 찬바람에 신음하던 눈물이
눅눅한 지난 순간들을 포장해
보이지 않는, 만져지지 않는 세상으로 옮겨 간다
오로지 지상으로만 올려 보냈던 애절한 기원들
그 안개를 헤집고 굉음의 울부짖음을 뿌리며
떠나가는 물기들
제 안에 담지 못할 만큼 무거워진 슬픔의 무게

먼먼 마음의 오지에서 서서히 비어가는 집을 바라보니
오갈 데 없이 비행하던 바람이 이끌려나오고
찬 공기가 꼬리를 감추고
벌레에 물린 사과가 썩어가고 있다
어디든 가다보면 속삭임이 피어날지 몰라
가장 슬프다던 눈물은 가장 기쁜 웃음으로 다가와 손

내밀지 몰라

구멍 난 허공을 숨 가쁘게 버티고 서있는 저 사다리차는
언제 한 아름의 기쁨을 하강시킬 수 있을까

낚싯바늘에 걸린 돔에게

바다 밖 또 다른 세상을 위해 미끼를 물었다고 생각한
다면,

몇 분 동안 온몸을 푸들거리며 비린내를 털어

마치 지구 밖 우주를 경험하듯이 그런 신비와 내통하게
됐다면,

입질이 결코 서툴렀다고 탓하지는 않을 게다

물기를 말리며 너를 따라 올라온 바다 그리고 플랑크
톤, 해저의 지느러미들

짧고 눈부신 환희의 대가로 안주상의 육질 좋은 횟감이
되더라도

눈알에 꽂혔던 세상은 네게 늘 파라다이스가 아니었는
지,

스스로 솟구치는 고래가 아니고서는

어느 이의 미끼에 제 생을 꿰찬다는 건 그리 흔치 않은
일

깊고 적막한 바다의 속내만큼 오래도록 조용히 흔들려

왔을 간절한 것들

  그리하여 속절없는 것들

  심장이 멎는 그때까지라도 잠깐 아주 잠깐

  자 보아라, 그리고 얼른 추억하라

  누군가의 먹잇감을 위해 바늘이 아가미를 관통해도

  영영 살아보지 못한 것이 수많은 영혼의 가시로 박힌다면

  물 위의 세상, 그 한 겹의 비리지 않은 황홀경에 주둥이를 띄우다가

  퍼더덕! 마지막 숨을 매달아도 기뻐 눈물 나지 않겠느냐

뚜껑

뭔가가 이미 담겨져 있거나 담길만한 것에는 뚜껑이 있
다
　주스 병을 따면 주스가
　콜라병을 따면 어김없이 콜라가 나온다
　밀봉됐던 것들이 냄새를 풍기며 탱탱하게 살아있다

　땅의 뚜껑은 하늘이며
　하늘의 뚜껑은 땅이다
　우리는 땅과 하늘 사이에 담겨져
　저마다의 생김새와 목소리와 냄새로
　온전히 숙성되기를 바라며 살아간다
　가끔 머리가 어지럽고 가슴이 답답하던 것
　혹시 우리의 생을 너무 무거운 뚜껑으로 유폐한 건 아
닌지,
　뻥! 하고 한번쯤은
　머리꼭지와 가슴의 뚜껑을 따버려야 했던 건 아닌지

아직껏 단 한 번도 열어보지 못한 나를,
탄산가스만 부글부글 끓고 있는 나를
언제 한번 힘 있게 따볼까
내 안의 뜨거운 너는 속 시원히 솟구칠 수 있을까

겹, 겹

저 동그란 양파가 꼭꼭 숨기고 있는 건 아주 오래 전부
터 탈색돼온 슬픔
한 치의 햇살도 섞이지 않은 그 견고한 슬픔더미를 켜
켜이 열어젖히면
웅크린 채 끝내 죽어간 슬픔들이 눈을 젖게 한다
가엾은 것들, 맨살 부둥켜안으며 쓰라림을 견디는 눈물
의 뿌리들

살아온 날들이 추억의 겹으로 무거워질 땐
덜어낼 방법이 없을까 두리번거렸지만
아니지, 그 가벼움이 오히려 짓누를지 몰라
나는 당신의, 당신은 나의 겹으로 살아간다는 것
우리가 서로 상처를 주고받는다 해도 그 상처의 겹이
우리 사이를 얼마나 단단히 엮어주는지,
그 무엇도 섞이지 않게 깊이깊이 감추는 고통의 겹
껍질이 없는 맨살의 핵들

밤길을 걸을 때마다 어둡게 배어나오는 나의 겹을 만난
다

보잘 것 없는 몸의 쪼가리에 갇혀 저 편의 영혼들과 교
신해주는 것

내 안에 이렇게 부드러운 겹이 숨어있다니!

그가 먼저 걸어간 길을 내가 걸어가듯

내가 걸어온 길을 타박이며 걸어오는 그대

겹, 겹의 따사로운 우리

2부

새에 대한 독해

언제부터인가
날아가는 새들이 추락하는 것으로 보인다
어디가 천상인지 몰라 몸과 몸을 부딪치며
어쩌면 좋으냐고 울음을 떼거지로 매달며
가라앉은 세상을 날개로 퍼 올리는
한 순간의 몸부림으로 읽힌다

날 수 없는 마음을 위해
지상에 비문을 후두두둑 꽂는
저들의 심중

어스름한 저녁,
한 떼의 노을이 속눈썹에서 발 아래로 미끄러진다

여름

 무사의 갑옷 같은 너를 벗겨보겠어
 소용돌이치는 몸의 어느 곳에서 네 속살이 움트는지 들
여다보겠어
 질긴 실밥을 터뜨려 간간이 풍기던 너의 가장 불온한
냄새를 맡아보겠어
 색색의 혀를 굴리며 태양을 핥는 꽃들
 마음의 꼬투리를 툭툭 열어젖히는,
 이 시절 이 순간이 가기 전
 너를 향유하면서 맘껏 뜨거워지겠어
 그것이 나를 알리는 척도가 아니겠어?

끈

이젠 놔줘야겠구나, 저 하늘과 그 아래 산과 들

향기 뿜는 것과 흐르는 것들 그리고 몸 전체가 눈망울
인 것들

바라보고 쓰다듬고 입술을 갖다 댄다는 것이

모두 비좁은 마음에 갇혀

날개 잃고 색을 잃고 울음도 잃었다는 것을

나 이제야 번뜩, 알아차렸구나

그들에게 이끌려, 나도 모르게 이끌려 걸음을 내딛는
것이

얼마나 황홀한지를 모른 채

나 이제껏 그들의 모가지에 가죽 끈을 채우고 끌고 왔
구나

함께 살아간다는 것이 숨 막히도록 끌고만 다녔구나

들판의 꽃들이 내 이름에 향기를 얹어 줄 때

흐르는 것들이 얼어붙은 내 마음을 녹이며 즐거워할 때

그것이 내가 다녀가는 세상의 가장 아름다운 초상화로

남는다는 것을
　나 미처 몰랐었구나

　놓아주리라
　저마다 얼마나 높고 푸르러지는지
　저희들끼리 얼마나 한판 퍼지르게 노는지
　초대받을 날만 엿보며 기다리리라

눈물주*

단 한 번의 몹쓸 사랑에 붉어진 눈과

희로애락에 빠진 까막눈

배신의 깊고 푸른 눈과

생의 볕을 보지 못한 무지몽매한 눈

심해深海의 적요가 등대처럼 깜빡이는 눈

결코 지워지지 않는 이름의 눈

이 모든 눈들이 빚어낸 술을

와락, 들이킨다

흘려본 적 없는 최후의 눈물을 위하여

---

* 눈물주; 소주에 참치 눈의 수정체와 점액을 넣어 마시는 술.

이면裏面

넘어질 뻔한 돌부리를 들추니, 구부러진 풀뿌리 실눈을
뜬다

바람 부는 날,

나를 슬쩍 뒤집어 구석구석 뒤지면

측정할 수 없는 질량의 맨 얼굴,
과연 만날 수 있을까

쥐라기새우

멸종했다고 여겼던 쥐라기새우가
지금도 바다에 살고 있다는 기사를 읽는다
호주 부근에 서식한다며
새우와 게가 합친 듯 기이한 모습도 실렸는데
읽는 내내 입 안 가득 침이 고인다

큼직한 솥에 찌면 새우와 게를 한꺼번에 먹겠구나
심해의 내음이 폴폴 풍기는 속을 꼼꼼히 발라먹고
게딱지 안에는 밥과 간장, 참기름을 넣어 비벼먹으면
제 맛이겠구나
왼쪽에 붙은 새우는 뚝 떼어 튀길까 찌개에 넣을까

존재여부를 알 수 없던 수천 종의 해양생물도
세계의 과학자들이 밝혀냈다는데,
멸종한 줄 알았던 심해조개나
길이 7미터의 거대오징어도 발견했다는데,

수장된 긴 세월을 건져
겨우겨우 불 밝힌 그들의 존재라는 것이
한낱 군침 도는 본능으로만 번뜩이다니!

흔적에 떨다

누군가 다녀갔다
푸른 기척에 온몸이 가렵더니 미처 지나지 못한 햇빛이
어깨에 걸쳐져 있고
가슴에서는 우울한 노래가 혈관 따라 맴돈다

누군가 다녀갔다
식은 몸의 한 귀퉁이에서 향기가 돋는다 쓸어 올리는
머리칼 사이사이로
아주 낯익은 혹은 낯선 향의, 번짐

누군가 다녀갔다
만져지지 않는, 뻐근한 가슴통증만 꽃으로 남았다 다녀
간 말들이 흰 뼈로 일어서는 창밖에 눈이 내린다

나도 모르게 다녀간 흔적에 떨며
우는 저녁

말_言이 말馬처럼 달릴 수 있다면

달리는 방향도 모른 채
영혼의 채찍에 쫓기듯
갈기를 휘날리며 달릴 수 있다면

원시림이든
인적 없는 바닷가든

최초의 말 한 마디 최후가 되어도 좋으니

내 안에서 빙그르르 도는 말_言이
말馬처럼 쏜살같이 달릴 수 있다면

저만치 낡은 신발을 두고

다시 신어야 하나
더 이상 지도가 그려지지 않는 신발을 끌고
또 다시 길 위에 올라서야 하나
세상 모든 길들 거칠게 돌고 돌았지만
밟고 또 밟았지만
가슴이라는 지층에만 움푹 패인 발자국 화석들

한때는 너라는 길만 또박또박 걷다가
절벽의 꽃으로 마지막 걸음을 멈추고 싶었다
무너지는 대로 갈라지는 대로 틈새
시들지 않는 꽃의 발자국으로 남고 싶었다

신발이 걸어온 길
걷고 달리고 주춤거리면서 무거운 영혼을 나르던,
이제는 먼지 나는 추억만 물고 신음하는
거룻배 한 척

낡은 밑창으로 물이 줄줄 새어들지라도
잠긴 걸음이 퉁퉁 불을지라도
끝내 너라는 작은 개울을 건너고 싶다
저 낡은 신발을 신고

그늘의 결

몸 안의 볕
화창하고도 눈부신 무게

마음이 선선한 어느 날은
벽에 달라붙은 따스한 얼룩을 빨아들이고
바람이 몹시 불던 날은
깨진 유리 위 나뒹구는 햇살을 끌어 담았지만,
언젠가 가장 뜨겁게 다가와
내 몸 속 환히 불 밝히던 볕
부풀어 오른 체온 따라 왼쪽 어깨는 풀처럼 기울어졌지만
열꽃이 솟고 갈증에 목이 탔지만
까짓 거 생애 최초의 추억인데 데이면 좀 어때, 하면서
온몸에 발랐던 황홀

어디서 그런 마음의 채반이 생겨났을까
볕으로 촘촘하게 짜던 속내

그 볕이 게워낸 오랜 시간 뒤의 그늘
여전히 따스하다

기우는 것들에 대한 단상

세상 모든 것 다 기운다
다정한 어깨 넓은 가슴이 아니더라도 따스한 방향을 찾
아
고개가 기울고 마음이 기운다

떠도는 낙엽들은 뿌리를 향해
어둠은 빛으로, 풀잎은 바람 이는 곳으로 뒤척이며 기
운다
높은 건물은 낮은 건물을 안고서
수많은 길들은 숲에게로
바다는 모래벌판을 향해

기울지 않는 것은 마음이나 몸이 굳은 것
웃음과 울음의 촉수를 못 찾고
스스로 무너지지 못한 채 딱지만 키우는 것들

식탁에게, 옷에게, 침대에게, 그리고 가슴에게조차 기울지 못한 채 허리를 뻣뻣하게 세우고 걸어가는 사람의 등에 하루가 비스듬히 기울고 있다

한 켤레의 즐거운 상상
– 구둣가게에서

초원을 누볐을 짐승의 휘날리는 전언은 너무나 질겨 자
세히 읽어내기가 좀 난해하다 그 짐승의 출생부터를 정
점으로 해야 할지 아니면 한가로이 풀을 뜯었을 본능부
터 읽어야할지 참으로 난감하다 따라서 사라진 짐승의
진부한 역사는 덮고 스스로 걸어 나오는 사람을 읽도록
한다 기계가 돌아가는 사이사이 가죽을 바늘로 엮고 무
늬를 찍고 맨질맨질 타성의 윤기를 입히던 어느 사내, 짐
승의 추억 따윈 새카맣게 묻고 자신의 절룩거리는 발자
국을 성큼성큼 주워 담던 사내

울퉁불퉁한 과거는 지우고 가보지 못한 길 위의 욕망,
희망, 절망을 두드리고 잇고 바르던 그. 끊어져 폐쇄됐거
나 휘어졌거나 새 길에 의해 버림받았다한들 무슨 상관
이랴 억센 손에 쥐어진 길들의 발버둥치는 아우성이 그
저 신날 뿐, 그 구두 완성되면 또각 대는 칠백 번째 여자
와 결혼하게 될 텐데

먼 곳으로부터 흘러온 목이 짧은 짐승과
숨은 사내의 인생을 싱싱하게 발췌해 읽는
한 켤레의 즐거운 상상

시간이라는 이불

춥다고 끌어당기지 않아도 되며, 얼룩진 사랑을 지우려 세탁기에 넣고 돌리지 않아도 되며, 쓸쓸한 열기가 어느 날 문득 이불 끝자락의 실밥을 풀고 나와도 다시 꿰매지 않아도 되며, 젖은 꿈을 햇빛에 몰래 말리지 않아도 되며, 사라지지 않는 얼굴 때문에 뒤척이지 않아도 되며, 귓바퀴를 타고 흘러내리는 소리 때문에 끙끙 앓지 않아도 되며, 그리움의 허기를 위해 야식을 들지 않아도, 빨리 잊는 법을 검색어로 치지 않아도, 떠난 사랑을 희석하여 술을 마시지 않아도, 모든 계절을 가을로 채색하지 않아도,

누군가 버린 평범한 일상을 복습하면서
그 맛에 혀를 쩍쩍 다시면서 그렇게 살다가
반짝이는 최후의 눈물을
가장 슬픈 문장의 방점으로 굴려
마음 깊숙이 들여 놓으면 될 것을

세상 모든 것 고요히 흘러들어 잠들 수 있는
시간이라는 부드럽고 따스한 이불 한 채면

서녘여자

한 여자가 지려 한다

새들이 떼 지어 울음을 몰던 곳
꽃들이 마지막 향기의 잎새를 떨구던 곳으로
닳은 책의 마지막 페이지를 조심스럽게 넘기는 여자
환히 열렸던 몸 구석구석으로 어둠이 깃들 무렵
그녀의 눈매에 주름 접히듯 한 시절이 스민다

그 하늘 그 방향으로 고개를 돌린 후
여자는 어떻게 살아왔는지에 대한 기억을 잃었다
악보 없이 긴 목을 타고 아주 희미한 노래만이 새어 나왔다
신음처럼

한 여자가 저문다
한 여자가 서서히 핏빛으로 물든다
천둥과 번개를 묻고 어두워져가는 세상 끄트머리에서
한 여자의 심지가 홀쩍이듯 타들어간다

3부

들리지 않는 소리의 번식

문장의 곁이라고는 서보지도 못한 눈먼 의성어

공명을 키우지 못하는 외곽에서 뿔을 닦는 나팔과
벌린 입으로 세월만 삼키는 확성기를 찾아
폐쇄된 길을 간다

언젠가 차오르는 눈물에 온몸이 잠겼을 때
무너진 가슴을 향해
입 없이 소리를 바르던 無形의 언어들

누군가의 부름을 받아야 대답이 빛나는 거리에서
아무도 불러주지 않은 걸까
자지러지는 비명의 귀퉁이라도 훔칠 일이지
신음 한 소절이라도 주워 담을 일이지

텅 빈 음계를 맨살로 기어오르는 울음의 무리

세상 어느 누구의 귀에도 닿아본 적 없지만
불멸이라는 창공을 향해 목청을 여는
저 검푸른 살기의 적요

어두운 곳곳에서 꿈틀거리는 소리의 볏에게
온몸을 내주고
나, 시든 적 있다

나는 늘 외출 중이다

나는 늘 외출 중이다

늦은 아침을 먹으며 보는 TV에서는
어린 제자와 성행위를 한 교사가,
백화점의 물건을 훔친 주부가,
두 살배기 아기 목을 졸라 보험금을 타내려던 미혼모가,
부부 싸움하다가 홧김에 불 지른 사십대 가장이,
경찰을 비웃으며 연쇄살인을 즐기던 범인이,
설레는 마음으로 꽃을 사는 여자가,
햇볕이 내리쬐는 벤치에서 책을 읽는 청년이,
놀이동산에서 롤러코스터를 타며 악악 비명을 질러대
는 사람이,
그리고 사랑을 속삭이는 연인들이,

나도 모르게 나는,
밖을 떠돌며 그렇게 살아가고 있었다

그리고 아무 말도 하지 않았네

말의 지문이 사라진 입술을 서로 들여다보며 만지네

우리 다시 사랑할 수 있을까
버렸던 꿈의 아기를 낳을 수 있을까
살 오른 말을 주고받지 않고
그저 깊이 젖어들며 한 물결로 너울거릴 수 있을까

나비의 날개는 기울어진 어깨에 붙이고
하염없이 흐르는 뭉게구름은 엎드려 우는 마음에 바르네
닳은 혀는 말아 올리고 얇은 귀는 슬며시 닫아보네

아득하여 너무나 아득하여 다가올 수 없던
눈멀고 귀먹은 이야기들이 자르르 쏟아지네
차갑고 딱딱하게 얼어붙은 말들의 해빙이 시작되네

아주 오래도록, 그리고 아무 말도 하지 않았네

게임 오버!

네 입에서 풀려 나오던 운명이라는 말
부드럽고 달콤하며 긴 꼬리가 달린 말
통속의 날들은 이제 그 말을 둘러싼 그늘을 앞질러
추억을 낳느라 바쁘다

서로의 안부가 궁금할수록 얇아지던 우리의 연애
허기진 짐승의 눈처럼
경전의 첫 페이지처럼
서로의 눈을 감기고 서로를 찾던 그것이
결국은 가려운 껍질들의 반란이었다는 거 아니?

흐려진 戀書를 찢으며
파란만장했던 우리 연애의 전원을 끈다
코드를 뺀다

게임 오버!

동해에서

나는 너를 벗어나지 않겠노라고,
너는 나를 벗어나지 않겠노라고 말했다
우리는 우리를 절대 벗어나지 말자고
반짝이는 눈물로 약속했다
서로가 서로에게 넘쳐 흔들릴지라도 밤의 중심에서
염분이 녹아있는 관계로 영영 가자고 했다
너에게서 나를, 나에게서 너를 들추는 출렁거림으로
비릿하게 살자고 했다

동해, 너와 나만의 푸르른 대지에서

벽을 치다

오래되고 단단한 벽
붉은 꽃이 만발한 그 뒤로
납작하게 엎디어 머뭇거리는 시간들
차갑고 딱딱한 시간을 훑어 내려가다 보면
터억 등딱지를 붙이고 서있는 콘센트
TV라도 볼라치면 혹은 컴퓨터 속 한 세상을 만나고자
하면
음악을 듣고자 하면, 커피라도 한 잔 하려면
벽 속 혈관에 플러그를 꽂아야 하는데
어떨까, 적막한 몸속으로 순식간 번지는 전율이라는 것

죽은 화면의 눈을 뜨게 하고
음악을 들려주거나 커피를 건네는 일들
이 모든 것이 허공을 더듬거려 쌓은 뒤안길이라면
희미한 못의 흔적이라도 지워줘야 할 텐데

세상 모든 길들이, 그 외 부스럼들이 압사한 벽에
플러그를 꽂을 때,
쾅쾅 못을 박을 때,
젖은 뺨을 기댈 때,
눈 비비며 꽃처럼 피어나는 저기 저 아름다운 사람들

  응고된 것들은 모두 벽으로 돌아가 다시 한 세상을 뜨
겁게 전한다

슬픔을 물구나무 세우기

　시골 당숙모 댁엘 갔습니다. 비어있는 집 마당엔 누렁이가 졸고 있고 꽃밭은 몇몇이 다녀간 흔적으로 어지럽습니다. 비가 오려는지 저만치서 구름이 몰려옵니다. 눅눅한 마루에서 일어나 세탁기 밖으로 나온 빨래더미를 수돗가로 가져가 빨아 봅니다. 황톳물이 줄줄 새는 옷가지를 헹궈서 넙니다. 마루에 앉아 줄에 매달려 우는 빨래들을 하염없이 바라봅니다. 주룩주룩 비마저 거꾸로 오기 시작합니다.

그리운 밖

마음은 왜 자꾸 밖으로 나가려 드는 걸까
밖은 소용돌이치는 바람 뿐 아무것도 없는데
세상은 이 안에서 고요히 잠들어있는데
깨우질 않고 왜 밖으로만 나가려 드는 걸까

창밖에서 몸부림치는 바람의 무리
혹시 그들의 밖은 꼭꼭 잠겨있는 이 안이 아닐까

넘나듦에 지쳐 잠들다보면
밖은 출렁이는 다리를 건너야 할,
두 다리로는 도저히 당도할 수 없는
지도 밖, 사막 안의 사막

나뭇가지에 앉은 새 한 마리
머나먼 밖의 소리를
작은 부리만큼 풀어놓고 사라진다

저편의 기억

칠흑이라 해도
그 속엔 몇몇 전설의 불빛들 간간이 떠돌고 있지
그것들 한 뜸 한 뜸 불러 모아 말하지
캄캄한 내 안에서도 너희를 찾아보아라
어둠에 다가서기만 하면 번지는 통증의 출처를,
무엇이든 찾으려하면 스스로 눈부터 멀고 마는
슬픔의 작은 흑점을

오래 전 나도 모르게 다녀가
기억의 저편 사금파리처럼 박혀 있다가
웃음 끝자락마다 방울방울 매다는 것들

손 안에서 신음하는 불빛들아
꺼져 내려앉는 꼬리마다 일으켜 세우듯이
가끔 머나먼 기억의 오지에서 따끔거리는
이 어둠의 알갱이들을 캐내어 밝혀 보아라

희미하지만

기억의 저편엔 뭔가가 있다

철새관망타워

떠나는 것들의 뒤꽁무니를 살피기 위해
스몄던 계절의 염료를 빼려고 아우성대는 모습을 보기
위해
입장료를 내고 4층 철새관망타워에 올라
망원경에 눈을 바짝 들이댄다

메마른 입 속의 모래알을 지근지근 씹으며
어느 곳이 덜 추운 이별의 방향인지
단내가 가신 열매는 어떻게 털어내야 하는지
수정체와 달팽이관에 들어찬 것이 무엇이며
소름은 무엇으로 지워야 하는지
신발 없이 먼 곳에 다다르는 법은 무엇인지
긴 분홍빛 혀에 묻은 울음은 어떻게 닦아내야 하는지

날아가는 것들에겐 가벼움이 삶이다
그럼에도 끝없이 덜어내려는 날갯짓은

그래서 아름답다

무엇하나 쉽사리 날려 보내지도 덜어내지도 못하는 나는
추위에 늘 옷깃을 세우며
고작 가벼움의 뒤통수만을 관망하는 자로 남는다
어떤 계절도 제대로 드나들지 못한 채

마지막을 향한 응시

자 보아라, 하고
지난 태풍 때 뿌리 뽑힌 나무 한 그루 산 중턱에 드러누
워 있다
그늘에 가려 빛을 그리워하던 몸부림
바람을 따라가려다 찢겨진 잎사귀 그대로

훤히 열린 속살을 들여다보니
뿌리엔 마지막 비명이 달라붙어 있고
하늘 향한 그리움은 다친 데 없이 싱싱하다
어둠 속 수액을 길어 올리며 온 생애 푸르도록 부르짖
었건만
산새들의 지저귐만 잠시 앉았다가 떠난 듯
텅 빈 몸 속

나무로 살다가 나무로 쓰러져간 향기가
다시 나무로 가볍게 뭉쳐지고 있을 무렵

어디서 불어오는지, 바람 차다

유리

차라리 누군가에게 번쩍 들켰으면,
모자를 벗고
단 하루라도 쨍쨍하게 살 수 있다면,

외롭다고 쓰는 순간이 가장 외롭던
그날

네게로 돌아가고자 몸을 틀었을 때
눈부시게 깨졌다, 나는

네가 박힌 심장에선 피가 흐르고
산산조각 난 마음은 흩어진 채 빛났다

어떤 얼룩의 후유증

혼자 길을 걷다가 우연히 스친 어느 이에게서
후우욱 서늘한 옛 초침을 듣듯이,

바람에게서 혹은 햇빛에게서
무심코 바랜 한 순간을 베이고 마는,

아아 이 순간, 언제 어디서였든가
현기증 나는 기억으로 휘청거릴 때
시치미 떼고 후다닥 사라지는 저기 저,

평생 지워지지 않는 얼룩
오늘은 뜨거운 혀로 핥으며 달래는 수밖에

파란 잎사귀 사이 붉은 열매처럼

파리하게 여윈 얼굴을 위하여
생전 처음
새빨간 립스틱을 발라보았다
몇 번 덧칠하고 거울을 보니
버려지고 죽었던 언어들이
탱글탱글 입술 위에서 부활하고 있었다
파란 잎사귀 사이
내가 다시 붉게 열리고 있었다

4부

블라인드의 生

딱딱한 生을 흔드는 것은 그 자신이 아니다

밖의 메신저는 눈 없는 운명일지도 모른다

울어대는 몸의 곁을 지나며
몹쓸 이름을 대신 불러주는 바람

안팎 심장이 뛴다

저 편 어딘가에 내 이름과 주소를 묻는,
또 하나의 생이 있다

숨은 꽃

부처가 보이지 않는 적멸보궁

약수가 졸졸 흐르는 뒤뜰 후미진 곳에
꽃 한 송이 피었네

향기로운 그 안에 절 한 채 들어앉아
예불소리 꽃가루로 휘휘 날릴 때

다람쥐 한 마리 조심조심 내려오고

꽃 속의 부처
나비되어 팔랑대는 곁에
슬며시 나를 내려놓아보네

사과 먹고, 뻐꾹뻐꾹

붉은 눈시울이 원산지인 사과를 깎는다. 칼로 껍질을 벗기고 썩은 곳과 부풀대로 부푼 과육의 발화發火씨는 도려내고, 한 입 베어 먹는다.

사과 속에 숨어 살던 새를 먹은 듯 뻐꾹뻐꾹, 붉은 껍질의 울음은 뱉고 시큼한 눈물 즙은 삼킨다.

깎고, 도려내고, 베어 먹은 것들
한 방울 울음으로 또르르 맴돌다가
새 되어 날아간다

뻐꾹뻐꾹
그 맑고 가벼운 집이
귓속에 조용히 들어앉는다

저들과 함께

비 내리는 날
아이들의 함성이 젖어드는 놀이터에서 한나절을 보냅
니다

더 이상 흔들리지 않는 그네와 오르내리지 않는 시소
빗물만 흘려보내는 미끄럼틀

나도 저들처럼
셀 수 없이 흔들렸고 오르내렸습니다
낯선 시간들 무지하게 흘려보냈습니다

비 내리는 놀이터에서
그저 바라보고, 지우고, 젖으며
혼자 조용히 놀아봅니다

나를 연주하는 이에게

윤기 없는 머리칼의 현絃을 튕기다가
미끈하지 못한 마음의 이음새를 어루만지다가
여러 가닥 환幻으로 나를 안으시는 이

더러는 비올라로, 울부짖는 색소폰으로, 북의 울음으로
불협화음을 오선지에 그리시는 이
한 잎 목청의 지느러미를 가만히 만지시는 이

표제 없는 나를 꿈의 줄기로 연주해 줘요
어둠의 정수리에서 아다지오 사장조로 빛나는 태양처럼
알레그로 마단조로 지는 꽃잎처럼
안단테 안단테 뒷걸음치는 바람처럼
부러진 소리와 마음의 비명을 지휘하며
불완전한 악장의 나를 완주해 줘요

천상의 악공이여

조율로 뒤틀리는 관절에선 날개가 솟구치고
가라앉은 울음은 공중을 메우는 합창이게 해줘요
그대 나를 연주하는 이라면

말의 변천사

삼 년 전 나는, 네 어깨에 기대고 싶다고 했다

일 년 전 나는, 너를 진심으로 안고 싶다고 했다

어제의 나는, 너를 가질 수 있을 만큼 갖고 싶어 했다

지금의 나는, 너를 한없이 놓아주고 싶다
더 이상 내 안에 네가 남아있지 않도록

낮술

당신은 당신에게로 돌아가고
나는 내게로 돌아왔다
당신과 사랑을 차렸던 그 터전엔
우수수 옛 시간들 어지럽고
허술한 대문의 열쇠구멍은 울음의 녹으로 차올라
당신, 통 열리지 않는다

허공에 대한 가벼운 추모

17층 아파트 베란다에 서서 발 아래를 내려다본다
오줌이라도 질끈 나올 것 같은 높이에서
어제 낮 투신했다는 이름 모를 중년의 사내를 떠올린다
그가 잠시 비행했던 곳을 바라본다

느닷없는 비명에 놀라 휘청거렸을 허공
하늘과 땅 사이 둥그렇게 벙그러진 세상의 가장 큰 꽃
그 텅 비고도 꽉 찬 곳을 향해
신발을 던지거나 몰래 꿈을 심는 사람들
새들이나 잠자리 혹은 비행기, 바람 그리고 눈과 비
날개 있는 것들을 위하여 길을 내주던 그곳에
세상 모든 마음이 수북이 쌓여있다
평화롭게 머무르고 있다

어제 한 마음이 보태진 까닭일까
더욱 부풀려져 있는 허공의 부피

사내 역시 어딘가 있을 자신의 날갯죽지를 위해 버둥거
리다가
가벼운 영혼만 무지개처럼 남겼을 것이다

날개 있는 자들의 무덤
아무나 갈 수 없는 그 허공의 무덤을 향해 눈길을 천천
히 끌어 올린다

상처

하이힐을 신고 꽃피지 않는 마음을 걷는다
또각또각 울음이 찍힌다
그 길로 자전거와 트럭이 지나고
빨간 승용차가 굉음을 내뿜으며 질주한다
신열의 먼지가 피어오르는 사이
바람이 입 안 가득 모래를 물고
칼 맞은 짐승처럼 휘적거린다
짓무른 꿈속으로 어둠은 또 언제 스밀지

젖지 않는 물

살면서 뜨겁다는 말을 덧붙이고 싶은 것은 오로지 사랑에 대한 것뿐이다. 단 한 번의 사랑이 나를 그렇게 가두었다. 길들였다. 이후 그 어떤 것에게도 뜨거움을 느낄수가 없다. 불감의 나날 속에는 데인 추억만 우뚝 서있다. 그 추억에 검버섯이 피어도 싱싱하다. 청춘의 한 페이지가 거기에서 멈췄다. 하여 나는 더 이상 젖어들 수없다.

양파의 내력

그때 왜 그런 말과 행동을 했는지
몸이 저릿저릿할 때마다
당신은 나를 붙들고
참회의 꺼풀을 벗겨냅니다

다 지났노라고,
별 것 아닌 일이 돼버렸노라고 둥근 향기로 감싸 안으면
당신은 어느 새 붉은 눈가
오래도록 참았던 눈물의 연유를 조용히 흘려 보입니다

용서할 것도 구할 것도 없이
들끓던 그 시절 다 지나간 걸요

매섭게 잘라 말해도
당신은 마음을 흘리며 들추고 또 들추어
어디에도 없는 나를 마구 찾습니다

그렇게 당신을 벗겨냅니다

당신 속에 스민 내력을 잃기라도 한 듯이

나무, 잎사귀 殳

햇빛을 투과할만한 두께, 벌레를 앉힐 수 있는 넓이
나무의 하품처럼 매달려 살랑대는 여름 잎사귀들

그러나 진정 나무를 흔드는 것은
떨리거나 뒤척이게 하는 것은
먼 곳으로부터 날아든 송신

깃드는 것마다 스스럼없이 나무를 열어
키를 키우고 몸을 불리다가 떠나지만
머물렀는지 혹은 다녀갔는지도 모를 얼룩은
한 켜의 커다란 그늘로 서늘한 마음을 건넬 뿐

속살 깊이 나무와 조용히 살다가 떠나는 바람
절대 들키지 않는
아주 작거나 가벼운 그 殳의, 몸

잎사귀만으로 싱그러울 수 없는 나무가
오늘은 그늘 쪽으로 가지를 걸치고는
비스듬히 눕는다

색소폰 소리

앞집 여자는 아직도 돌아오질 않은 모양이다

바람 부는 날이면 초인종을 마구 눌러대며
커피 한 잔을 두세 시간 마시다 돌아가던 여자
즐겨 입던 꽃무늬 실크블라우스만큼
고운 콧등에 눈매가 서럽던 여자
목소리가 커질수록 암내가 짙게 풍기던,
어디론가 금세 증발해 버릴 것 같던 여자
누군가 이름을 부르면
내 안 깊숙이 숨어들다가
어느새 낯선 심장으로 쿵쾅거리던 여자
텅 빈 추억의 마당에서 그렇게 철없이 뛰어놀다가
아예 갈색 눈동자로 박혀버린 여자

그녀는 결코 돌아오지 않을 것이다

그녀의 부재는 외로운 짐승처럼 날마다 울부짖겠지만
붉은 무리의 노을은 더 오래 머뭇거리겠지만

부표처럼 빈 몸으로 떠서

그녀가 다녀갔다
수년 만의 만남이었다
젖은 시간이 태엽처럼 감긴 시계를 보이며
낮술 한 잔에 그녀는 술술 풀렸다
먼 길을 걸어온 맨발의 이야기들에게서
코를 찌를 듯 곰팡이냄새가 났다

귓속의 한 여자가 쟁쟁히 들어찬 이튿날 아침
그녀의 부음을 들었다
내질러야 할 마지막 비명을
제 집 허는 것으로 대신한 그녀

어제와 오늘
무언가 그렇게 아무렇지 않은 듯 다녀갔다

부표처럼 빈 몸으로 둥둥 떠서

계속 풀리는 그녀를 본다
끝없이 감기는 나를 그녀가 본다

해설

물에 젖지 않는 발끝에 날개를 달아라!
금은돌 문학평론가

물에 젖지 않는 발끝에 날개를 달아라!

금 은 돌 문학평론가

허공에 피아노 건반이 있다면, 이향란 시인은 어떤 흡을 내고 있을까? 그 건반은 공기적 질료의 감촉을 몇 옥타브의 음계로 표현해 낼까? 음표들이 엠보싱 모양으로 떠다닐까? 세모, 네모난 모양으로 사물 사이를 부딪치며 스타카토로 떠다닐까? 허공은 소리를 몰고 다닐 게다. 수천수만 개, 아니 수천억 개의 손가락을 이용하여 바람소리를 내고, 낙엽이 떨어지는 소리를 내고 있을 게다. 때로는 호흡을 맞추어 신호를 주고받으며 탭 댄스를 추다가, 엉덩이를 내려 깔고 가라앉을 수도 있다. 하늘 높이 치솟았다가 어느 사이엔가 엉큼하게 귓전으로 스며들 수도 있다. 아니면 무거운 공기를 이끌고 사람들 이마 위에 가라앉을 것이다. (그래서 두통이 생기는 게 아닐까?) 텔레파시가 통하는 사람을 만났을 때, 허공중의 수많은

손들이 그와 나를 잡아당기며, 끌리도록 연결시킬 것이다. (나는 약간 엉뚱한 상상을 하면서 걷는다. 이런 상상에 빠지면서 걸으면 비밀이 없다는 것을 깨닫게 된다. 나와 그는 서로를 바라보는 존재가 되니까. 공기적 질료는 수천 수백 개의 눈동자들이 떠 있는 거울이 된다. 그가 나를 바라보고, 내가 그를 바라보고, 바라본 것들이 또 다시 바라보는 관계이다. 이에 거울은 어디로 튈지 모르는 럭비공이 된다. 행동의 이면을 잽싸게 알아채고, 언젠가 다른 눈동자들이 비밀을 전해줄 테니까.)

비켜가는 것의 슬픔

> 비껴가는 것,
> 그것이 머무는 것보다 더 아프다
> ―「머무는 것보다 비껴가는 것이 더 아프다」 부분

시적 화자는 비껴가는 것에 독특한 감정을 갖는다. 그 이유는 공기적 질료들끼리 갖는 마찰을 감지하기 때문이다. 더군다나 비껴가는 것의 아픔을 느낀다는 것은 시인의 감각이 작디작은 미세한 부분까지 느낄 정도로 섬세하다는 얘기이다. 시인의 촉수는 공기적 질료를(가스통 바슐라르) 형상화하는

데 탁월한 상상력을 보인다.

바슐라르는 말한다. 공기에 대한 몽상은 "탈물질화의 동력학 위에 근거"하는 것이라고. 그것은 최소한의 질료를 가졌을 뿐이며, 무한하고 형태 없는 이 세계 속에 꿈꾸는 존재가 "융합"된다는 것이 무엇인지를 이해하게 된다고(가스통 바슐라르, 『공기와 꿈』).

여기서 공기적 질료들이 스쳐 지나가는데, 아픔을 느끼는 이유를 추론해 보자. 오히려 실현시키지 못했던 내면의 욕망이 컸기 때문이 아닐까. 붙들고 싶고, 소유하고 싶고, 고착시키고 싶은 욕망이 강했다는 뜻이 아닐까.

허공을 바라보자. 가령 이삿짐을 나르는 사다리차를 바라본다고 가정해 보자. 시적 화자는 허공에 떠 있는 그 사다리차를 보면서 슬픔을 느낀다. 푸른 하늘과 그 푸른 하늘 위로 비친 사물들 사이에서, 온전하고 완벽한 충만감을 느끼지 못했기 때문이다. 허공이 남겨 놓은 푸름 가운데 사물과 사물이 만나는 지점에서 상처를 감지하기 때문이다.

따라서 시인의 공기적 질료는 언제라도 톡, 터져버릴 것 같은 위태로움을 안고 있다. 푸른 하늘을 꿈꾸는 자는 그 하늘을 자기 소유물로 삼을 수 없다. 이 사실을 분명히 인식하기에 슬픔이 따른다. 공기적 질료가 육체성을 가지고 만져지지 않기에, 불안하다. 집착을 하고 있는 상황에서 비껴가는 행위는 마음을 다치게 한다. 허공에서 일어나는 원인 모를 마찰은 오랫동안 마음 속에서 응어리를 남긴다.

> 줄곧 발 없는 울음이 온몸으로 기어올라
> 못으로 종지부를 찍던 벽
> 그 벽에서 나무의 푸른 계절이 흘러나오고
> 새의 부리와 나비의 날개
> 혹한의 바람이 배어나온다 오래돼 숨 가쁜 음악처럼
> ―「죽은 나무의 벽화」부분

그녀의 공기적 질료엔 액체성이 묻어난다. "발 없는 울음이 온몸으로" 딱딱한 질료적 성질 이면에 흐르고 있다. 그것은 눈물이다. 눈물이라는 액체성은 용암보다도 강력하다. 눈물은 단단한 벽과 지층 아래에서 뜨겁게 흐른다. 벽은 언제 터질지 모르는 활화산을 품고 있다. 그것이 울음으로 터져 나왔을 때, "푸른 계절이 흘러나오고/ 새의 부리와 나비의 날개/ 혹한의 바람이 배어나온다". 울음이 지층을 뚫고 나올 때라야 슬픔이 멈출 수 있다. 단단한 벽은 눈물을 억누른다. 또한 시인의 꿈과 소망을 억누르고 있었다. 절제를 해야만 하는 상황에 오랫동안 부딪쳤던 "벽"은 시인의 또 다른 페르소나였다. 공기적 질료를 능숙하게 받아들이기까지 시인은 자기만의 상처와 아픔을 겪어왔다. 언젠가 떠날 것임을 알기에, 비껴가는 것이 싫고, 잡을 수 없기에 사라지는 것이 아프다.

오래된 울음은 점차 강력해진다. 울음은 저 스스로, 부드러움의 동력으로 강한 것을 이겨낸다. 절망의 밑바닥에서, 단단한 것을 갈라지게 한다. 나무가 갈라지고 벽이 갈라지고, 상황이 뒤바뀌고, 하늘과 땅이 뒤바뀐 상황. 나무의 혁명이 일어난다. 그 갈라짐 뒤에 피어난 꽃. 그것이 "벽화"이다. 눈물을 토해낸 뒤 자연스럽게 피어난 무늬들을 "벽화"라 명명한 것이다. 나무가 갈라지는 것이 예술적 승화 작업으로 투사되면서, 나무의 고통을 창작의 고통으로 바라본 것이다. "죽은 나무"는 더 이상 죽은 상태가 아니다. 작품으로 승화되어, 새롭게 부활한다. 오래 묵은 소망이 벽을 뚫는 기적을 일으킨 셈이다.

시인은 원래 물의 성질을 가지고 있었다. 그런데 단단함 뒤에 자신의 성질을 감추어왔다. 단단한 것이 가면의 역할을 한 셈이다. 숨어있고 기댈만한 벽이 필요하기 때문이다. 타자를 향해 사무적인 역할 연기를 위해 벽이 필요했다. 혹은 가면을 써야 했다. 단단함이라는 성질은 회피의 도구이자 자기 방어 기제였다. 페르소나는 겉으로는 웃고 있지만, 딱딱하고 단단한 것 뒤에서 울음이 그치지 않는다. 분명히 나 속의 나, 나의 나 속의 나가 깊은 곳에서 흐느끼는 소리를 들었을 게다. 뭔지 모를 뜨거운 것이 올라와, 지층을 흔들었을 게다.

타자에게 비친 나와 실제로 감지하는 나. 의식적으로 행동해야 하는 나와 홀로 남겨진 나 사이의 괴리감은 정체성의 혼란을 일으킨다. 자아의 균열이 심할수록 단단한 성질 뒤에 말랑말랑한 눈물이 쉽게 노출된다. 그 뒤에 자신의 욕망을 억누르면서. 시적 화자는 단단한 척, 강한 척, 쾌활한 척, 재기발랄한 척, 의연한 척. 그러한 '척'들 사이에서 진정한 '나'를 찾는 과정을 진행해 왔다. 혼란과 방황 속에서 자아정체성을 찾는 작업은 "오래돼 숨 가쁜 음악"이 되어 어렴풋한 길을 찾는다. 울음을 기쁨으로 전환시키는 중이다.

투명한 뚜껑

뭔가가 이미 담겨져 있거나 담길만한 것에는 뚜껑이 있다
주스 병을 따면 주스가
콜라병을 따면 어김없이 콜라가 나온다
밀봉됐던 냄새를 풍기며 탱탱하게 살아있다

땅의 뚜껑은 하늘이며
하늘의 뚜껑은 땅이다
우리는 땅과 하늘 사이에 담겨져
저마다의 생김새와 목소리와 냄새로
온전히 숙성되기를 바라며 살아간다
가끔 머리가 어지럽고 가슴이 답답하던 것
혹시 우리의 생을 너무 무거운 뚜껑으로 유폐한 건 아닌지.
뻥! 하고 한번쯤은
머리꼭지와 가슴의 뚜껑을 따버려야 했던 건 아닌지

아직껏 단 한 번도 열어보지 못한 나를,
탄산가스만 부글부글 끓고 있는 나를
언제 한 번 힘 있게 따볼까
내 안의 뜨거운 너는 속 시원히 솟구칠 수 있을까
　－「뚜껑」 전문

　앞의 시에서 발견되었던 "벽"은 "뚜껑"으로 치환된다. 시적
화자는 스스로 벽을 찾아낸 것이다. 한계를 극복하기 위해서
는 문제를 정확하게 진단해야 한다. 벽을 벽이라고 느끼는 사
람은 고정된 벽이 되지만, 벽을 문으로 치환시키는 사람은 벽
을 뚫고 일어설 수 있다. 과제를 선택하는 일은 문제해결을
위한 디딤돌을 찾는 것이니까.

　시인은 "땅의 뚜껑은 하늘이며/ 하늘의 뚜껑은 땅"이라는
사실을 재확인한다. 여기서 "뚜껑"은 좀 더 특별한 의미로 확
장된다. 왜 그럴까? 세상을 긍정적으로 바라보는 시선이 작용
했기 때문이다. 자신을 억압하던 벽이 자신을 키울 수 있는
자양분이 되었기 때문이다. 울음이 아름다운 벽화를 꽃피우
는 과정을 통해 내면적 성숙이 이루어진 것이다. 그리하여
"탱탱하게" 살아있기 위해서는 "뚜껑"이 필요하다는 인식에
도달한다. 막혀있다고 판단하는 것은 뚫고 나가고 싶은 열망
의 역설적인 깨달음이다.

　이 과정에서 시적 화자는 수동적인 이끌림에서 능동적인 가

능성의 영역으로 이행한다. 하늘이 땅의 뚜껑이 되어주고, 땅이 하늘의 뚜껑이 되어주면서, 우주의 우연과 필연의 이치를 깨닫는다. 뚜껑이 있었기 때문에, 생명이 생명력을 가지고 역경을 뚫고 일어설 수 있었다. 시인이 발견한 뚜껑은 '빛나는 뚜껑'이자 '통과의례'와 같은 관문과 같다. 더불어 상생과 상극을 자극하는 기폭제이다. 이 관문을 통과하면, 나는 또 다른 '나'로 도약할 수 있다. 그리하여 시인은 소망한다. "아직껏 단 한 번도 열어보지 못한 나를/ 탄산가스만 부글부글 끓고 있는 나를" 살아있게 하고 싶다고.

　이 과정을 통해 시인의 상상력은 "물"의 성질에서 "공기"의 성질로 이행시킨다. 이와 동시에 시적 공간에 반성적 사유를 끌어들인다. 그동안 "우리의 생"을 "유폐"시킨 건 아닌지, "한 번쯤은/ 머리꼭지와 가슴의 뚜껑을 따버려야 했던 건 아닌지"라고. 이처럼 시인에게 "뚜껑"은 도약하고 싶은 의지 표출이다. 욕망을 분출하고픈 열정의 시어인 것이다. 질적으로 달라진 '나'는 그 아래에 존재했던 '나'를 향해 소리치며 억눌려왔던 자신을 호명해 본다. 뚜껑 아래에서 뜨거워지는 것을 멈추고, 관문을 통과해 나오라고. 자, 이제 솟구칠 준비를 하라고.

　　중심에 스며들어, 찬란하게 박혀
　　다른 이름으로 살아보고자 몸부림쳐보는 날이 있다

뒷걸음질 쳐 다다른 숲에게
물고기를 낚게 해준 그 강에게
종일 세상을 말리다가 지는 태양에게

그러나 건너가 박히고자 하는 것들을 통째 삼키며
물렁해지기를, 숨어 흐를 수 있기를 바라지만
쓸쓸하게도 나는 흠집이 나있거나 부서진 자리로
매번 환원한다

되돌아가지 않고 분리되지도 않는 단단한 물
그 무엇으로도 해부되지 않는 고집이
어느 날은 꽝꽝 얼어
세상 모든 것을 철썩, 달라붙게 한다
　　　－「물의 해부학」 부분

　그러나 그것은 쉽지 않았다. "물"의 속성 중에서도 특이한
영역에 주목하는 성질이 있기 때문이다. 그녀가 주목한 속성
은 분리 불가능한 결합성과 회귀불능의 성질이다. 일반적으
로 사람들은 "물"의 유동성에 주목한다. 그러나 시인은 물이
결빙하는 속성에 주목한다. 수소와 산소의 결합성이 "물"이라
는 고유한 성질을 간직하게 하는 주요 힘이라는 사실이다. 수
소와 산소의 결합은 물의 고유한 특성인 흐름을 가능하게 한
다. 시적 화자는 그러나 흐름을 막는다.
　시적 화자는 "해부되지 않는 고집"에 매력을 느끼며, 결빙의

시간에 주목한다. 응집력이 강해지는 순간, "어느 날은 꽝꽝 얼어 / 세상 모든 것을 철썩, 달라붙게 한다". 여기서 물은 강력한 힘을 발휘한다. 액체 속에 품고 있던 의외의 속성이 발현될 때, 그 질감은 날카로워진다. 때로는 세상을 얼어붙게 만들어, 도망가지 못하도록 소유하고픈 욕망을 충족시킨다. 해빙이 되기 전까지는 붙박이가 되어야 하기 때문이다. 분리 불가능성이 바깥으로 실현되었을 때, 욕망의 부피는 커지고, 자아의 소유욕 또한 과대해진 것이다. 대상과 물의 강력한 결합! "되돌아가지 않고 분리되지도 않는" 물은 소유 욕망을 표현함과 동시에 시적 대상을 정지시킨다. 내부적인 운동성마저 고착시켜 사라지지 않게 한다. 그렇기에 시적 화자가 비껴가는 것들에 슬픈 감정을 느끼는 것은 지극히 당연한 일이었다. 그렇다면 어떻게, 물의 몽상이 공기적 질료의 상상력으로 이행할 수 있었을까?

어쩌자고, 어쩌자고 제 안 깊숙이 저물어가는 소리는 끊임없이 뒤척이는지
찬바람에 휩쓸려 시리고 거친 손이지만
종이 그려진 그림을 가만히 어루만질 때,

한순간 뜨겁게 울음을 털어버리는 소리의 유분遺粉

한 몸이 다가가 또 한 몸에게 말을 걸 때, 미끄러질 때, 스

며들 때,

　　박제됐던 풍경은 숲속 어딘가로 금세 모습을 감추고

　　그 빈자리에서 파문처럼 번지는 적요, 몸을 떠는 종

　　종이 그려진 그림을 어루만진다는 것

　　그리하여 소리가 난다는 것

　　　─「종鐘이 그려진 그림을 어루만질 때」 부분

　그녀의 공기적 질료는 아직, 청명하지 않다. 습기가 묻어있
는 허공이다. 울음을 기쁨으로 치환시키기 위해 시적 화자는
그림을 바라본다. 그리고 그림 속에 그려진 종鐘을 어루만진
다. 어루만지는 일은 치유의 힘을 가지고 있다. 그녀의 손은
이미 상처를 받고 있으며, "찬바람에 휩쓸려 시리고 거친" 상
태이다. 그러나 상처와 고난을 통해 치유능력은 어떤 누구보
다도 풍부해졌다. 그 손으로 그림을 어루만지니, 그림 속 종鐘
이 "몸"을 떤다. 종鐘이 파문을 일으키는 장면에서 시인 역시
"울음을 털어버리는" 치유의 과정이 나타난다. 이 과정은 '소
리'가 들리지 않는 그림에서 "소리"를 탄생시킨다. 무無에서
유有를 탄생시키며 동시적 파문이 일어난다. 종이 울릴 때 내
면의 울음소리가 더불어 들리며, 동시에 몸을 떨었을 것이다.
　"한순간 뜨겁게 울음을 털어버리는 소리의 유분遺粉"은 울음
을 털어버린 흔적이 된다. 그리하여 시인은 액체성의 고집과
결합성에서 놓여나기 시작한다. 놓여남과 놓음. 이 과정을 동

시적으로 진행한다. 그리고 허공중에는 소리가 들리기 시작한다. 그림 속에서 종이 울리고, 타자의 입술이 말하지 않는 소리까지 귓가에 스며든다.

시는 호흡이다. 시인의 호흡은 공기적 질료를 가지고 운율 속으로 파고든다. 속삭이는 숨결로, 때로는 절규하는 외침으로, 혹은 읊조리는 푸념으로, 공기 중에 떠도는 기운을 흡입한다. 시인은 소리의 파장을 이미지로 형상화하고, 감정을 녹여낸다. 떠돌아다니는 소리를 채집하고 침묵도 잡아챈다. 종이 위에서 발음 되자마자 허공중의 소리들은 시어로 피어난다. 시를 쓰는 과정을 알고 있는 시인은 '소리'를 통해 구원을 받을 수 있음을 깨닫는다. 이에 "눈멀고 귀먹은 이야기들이 자르르 쏟아"지고(「그리고 아무 말도 하지 않았네」), 시를 쓰며 구원을 얻는다.

당연히 쏟아지는 말들을 받아 적어야 할 일이다. 억눌려왔던 소리들이 얼마나 오랫동안 숨죽여왔겠는가. 봄기운이 감돌기 시작하며, 해빙된 언어들이 넘쳐날 것이다. 울음의 언어에 감추어져 보이지 않던 정체불명의 흐느낌이 명확한 형태를 띠기 시작한다. 내가 왜 힘들었고, 내가 왜 슬펐는지, 문제가 해결될 조짐이 보인 것이다. "눈동자 깊이 숨어 빛나던 말들"(「당신의 話法」)이 공기적 질료 사이에 흘러넘칠 때, 그 말들을 잡아채어 한 사람의 화법으로 완성시키는 일. 그 일을 하는 사람이 시인이 아니고 누구이랴. '소리'는 시적 화자에

게 정체성을 확인하게 해주는 촉매제이다. 소리의 발견은 해
빙의 시간을 선물해 준 것이다.

언어의 알, 그 치유의 힘

흐린 날, 서로의 안부를 묻는 소리가 들린다
한 잎 배처럼 떠있는 커다란 귓속으로 따뜻한 말들이 스며
들어 알을 낳는다
더 이상 울 일도, 기다릴 일도 없다
비행기를 탈 때마다 매달았던 소원들이 햇빛으로 내려앉
는 오늘
괜찮다, 살만하다
여보세요, 잘 계셨죠?
―「하늘, 여보세요」 부분

놓아주리라
저마다 얼마나 높고 푸르러지는지
저희들끼리 얼마나 한판 퍼지르게 노는지
초대받을 날만 엿보며 기다리리라
―「끈」 부분

시적 화자는 공기 중에 떠도는 소리들이 언어의 "알"(「하늘,
여보세요」)을 낳는다고 해석한다. 언어의 알은 먼지처럼 떠

돌아다닌다. 알은 귓가에서 귓가로 이동하며, 매일같이 새로운 소리를 만들어낸다. 이 상상력만으로 우리는 색다른 이미지에 휩싸이게 된다. 그 알을 보호해야 하는 모성애가 발동하기 때문이다. 어머니의 품에서 기르고 품어줘야 할 대상으로 탈바꿈하기 때문이다.

자연히, '알'은 온화한 체온을 가지고 있다. 떠돌아다니는 알은 안타깝고 위태롭지 않다. 모성의 보호를 받고 있기에, 이미 치유의 힘을 나눠 줄 준비가 되어있다. 동그란 알은 치유의 물질을 흘려보낸다.

"더 이상 울 일도, 기다릴 일도" 없는 상태에서 "상처난 무릎과 주름진 이마"에 발라준다. 그녀의 언어는 마술적인 위력을 갖는다. 소원을 들어주는 주문과도 같고, 위안을 주는 햇빛과도 같다. 언젠가는 꽃으로 피어날 씨앗인 셈이다. 그렇기에 언어의 '알'은 향기를 몰고 다닌다. 상처를 입히지 않고 쓰다듬고 어루만진다. 아무도 없는 가운데서도 하늘의 안부를 물으며, "괜찮다, 살만하다"고 위로받는다. 때로는 "속삭임"(「슬픔을 나르는 사다리차」)에 두근거리다가 "한 아름의 기쁨을 하강시킬 수" 있기에 참고 기다릴 줄도 안다.

시적 화자는 이렇게 따스한 기운이 흐르는 가운데, '놓음'을 실행한다. "저마다 얼마나 높고 푸르러지는지" 바라볼 여유도 생긴다. 집착은 결빙의 시간을 만들지만, '놓음'은 해빙의 시간을 만든다. 해방감이 공기 중에 상승의 맛을 보게 한다.

그렇기 때문에, 비상이 가능하다. 놓아줌으로써 모든 것을 얻을 수 있다는 역설이 가능해진다. 시적 화자는 어느새, 정적이고 고착된 이미지를 뚫고 나온 상태이다. 언어 역시 자유롭다. 언어의 '알'들이 탱탱하게 살아서 춤을 춘다. "내 안의 빙그르르 도는 말ᇹ들이"(「말ᇹ이 말馬처럼 달릴 수 있다면」) 자유를 선사받는다. 공기가 맑아지고, 휴식과 즐김이 가능한 언어적 공간이 형성된다. 타자에 의해 수동적으로 나오는 것이 아니라 능동적인 탭댄스를 출 무대가 주어진 것이다.

말ᇹ은 말馬을 타고 달린다

초원을 누볐을 짐승의 휘날리는 전언은 너무나 질겨 자세히 읽어내기가 좀 난해하다 그 짐승의 출생부터를 정점으로 해야 할지 아니면 한가로이 풀을 뜯었을 본능부터 읽어야할지 참으로 난감하다 따라서 사라진 짐승의 진부한 역사는 덮고 스스로 걸어 나오는 사람을 읽도록 한다 기계가 돌아가는 사이사이 가죽을 바늘로 엮고 무늬를 찍고 맨질맨질 타성의 윤기를 입히던 어느 사내, 짐승의 추억 따윈 새카맣게 묻고 자신의 절룩거리는 발자국을 성큼성큼 주워 담던 사내

울퉁불퉁한 과거는 지우고 가보지 못한 길 위의 욕망, 희망, 절망을 두드리고 잇고 바르던 그. 끊어져 폐쇄됐거나 휘

116

어졌거나 새 길에 의해 버림받았다한들 무슨 상관이랴 억센
손에 쥐어진 길들의 발버둥치는 아우성이 그저 신날 뿐, 그
구두 완성되면 또각 대는 칠백 번째 여자와 결혼하게 될 텐
데

먼 곳으로부터 흘러온 목이 짧은 짐승과
숨은 사내의 인생을 싱싱하게 발췌해 읽는
한 켤레의 즐거운 상상
－「한 켤레의 즐거운 상상-구둣가게에서」 전문

이 시는 비상하는 꿈으로 가득 차오른다. 고착되거나 가라
앉는 일을 두려워하지 않고, 무게를 덜어내는 일에 집중한다.
놓아주었기에 세상은 자유로운 공기로 가득하다. 기존의 정
적인 틀을 벗어던지고 역동적인 공간으로 시의 공간을 확장
한다. 시인은 자신의 공기적 질료가 가득한 상상력을 활달하
게 펼칠 준비가 되어 있다. "울퉁불퉁한 과거는 지우고 가보
지 못한 욕망, 희망, 절망"을 잇고 새로운 길을 찾아 나선다.
꿈꿀 준비가 되어 있다. 물에서 공기로 점진적 이행을 완벽하
게 해낼 준비가 된 것이다.

드디어 시적 화자는 새로운 인물을 등장시킨다. 능동적이고
가벼운 주체이다. 바로 "스스로 걸어 나오는 사람"이다. 그는
마치 니체의 초인처럼 마술적 주문을 걸고 예언을 한다. "새
길에 의해 버림받았다한들 무슨 상관이랴". 시적 화자가 자기

확신을 얻은 것이다. "내 안에 이렇게 부드러운 겹이 숨어있다니!"(「겹, 겹」) "너를 향유하면서 맘껏 뜨거워지겠어./ 그것이 나를 알리는 척도가 아니겠어?"(「여름」)와 같은 발언들을 뿜어낸다. "탱글탱글 입술"의 "부활"을 기다리며 공기적 질료로의 이행을 충실히 수행하는 것이다. 이렇게! "나는 더 이상 젖어들 수 없다"(「젖지 않는 물」)라는 선언으로.

삶이란 어떻게 가치 부여를 하느냐에 따라 달라진다. 상승 작용을 하기도 하고 추락하기도 한다. 시인은 이미 시든 적이 있고, 추락한 경험도 있다. 그래서 일희일비하지 않는다. 다만 거리를 두고 바라보며, 경쾌하게 스텝을 밟는다. "억센 손에 쥐어진 길들의 발버둥치는 아우성"조차 신이 난다. 「한 켤레의 즐거운 상상」은 시적 화자가 정체성을 찾으며 비상하는 순간의 도약을 담은 작품이라 할만하다. 허물을 벗으니, 한고비 넘겼으니, 눈물이 증발하면서 대기의 알들이 투명한 춤을 춘 작품이다.

이향란 시인이여, 더욱 신선하게 춤을 추어라! 몇몇 시들이 가정법 상황으로 멈추어 있고, 아슬아슬하게 의문문으로 질문하고 있지만, 그것마저도 덜어내라! 희망사항이 아니라 희망이 되어 달라. 말처럼 달려라. 더 덜어내고 덜어내며, 가벼워져라! "관망하는 자"(「철새관망타워」)이기에 꿈을 꿀 수 있다. 공기적 질료의 융합 가능성을 믿고, "자신의 절룩거리는 발자국을 성큼성큼" 주워 담아라! 절룩거릴지라도 즐거운 상상을 멈추지 않으면 될 일이다. "날아가는 것들에겐 가벼움이 삶이다/ 그럼에도 끝없이 덜어내려는 날갯짓은/ 그래서 아름답다". 시인 자신이 자신에게 내리는 답을 믿고, 이제 새로운 날갯죽지를 다듬어라!

이향란

강원도 양양에서 태어났고, 중앙대학교 신문방송대학원을 졸업했다. 2002년 시집, 『안개 詩』를 통해서 작품활동을 시작했으며, 시집으로는 『안개 詩』와 『슬픔의 속도』가 있고, 2009년도 한국문화예술위원회의 창작지원금을 받은 바가 있다. 『한 켤레의 즐거운 상상』은 그의 세 번째 시집이며, 이 시집은 '비상하는 꿈'으로 가득차 있다고 해도 과언이 아니다. 따라서 그는 기존의 정적인 틀을 벗어던지고 역동적인 공간으로 시의 공간을 확장한다.

이메일 주소 : lan1018@hanmail.net
전화번호 : 010-3223-3776

이향란 시집
한 켤레의 즐거운 상상

발   행 2011년 4월 5일
지 은 이 이향란
펴 낸 이 반송림
펴 낸 곳 도서출판 지혜
          계간 시전문지 애지
기획위원 반경환 강신용 이형권 황정산
주   소 305-720 대전시 유성구 신성동 두레A. 106동 106호
전   화 042-862-0845
전자우편 ejisarang@hanmail.net
홈페이지 www.ejiweb.com

ISBN : 978-89-964979-9-8 03810

값 10,000원